HORA DO LANCHE

O que as crianças comem nas escolas em diferentes países

HORA DO LANCHE

O que as crianças comem nas escolas em diferentes países

Escrito por **Andrea Curtis**
Fotografias de **Yvonne Duivenvoorden**
Tradução de **Renato Marques de Oliveira**

Texto © Andrea Curtis
Fotos © Yvonne Duivenvoorden
Esta edição foi publicada com autorização de Red Deer Press/
Fitzhenry and Whiteside Limited. Todos os direitos reservados.

Diretor editorial
Marcelo Duarte

Diagramação
Victor Malta

Diretora comercial
Patty Pachas

Preparação
Rita Narciso Kawamata

Diretora de projetos especiais
Tatiana Fulas

Revisão
Lucas de Souza Cartaxo

Coordenadora editorial
Vanessa Sayuri Sawada

Impressão
RR Donnelley

Assistentes editoriais
José Eduardo Marques
Juliana Silva
Mayara dos Santos Freitas

Assistentes de arte
Carolina Ferreira
Mario Kanegae

CIP – BRASIL. CATALOGAÇÃO NA FONTE
SINDICATO NACIONAL DOS EDITORES DE LIVROS, RJ

Curtis, Andrea
Hora do lanche: o que as crianças comem nas escolas em diferentes países / Andrea Curtis; Yvonne Duivenvoorden; tradução Renato Marques de Oliveira. – 1. ed. – São Paulo: Panda Books, 2015. 48 pp.

Tradução de: What's for lunch?

ISBN: 978-85-7888-501-4

1. Crianças – Nutrição. 2.Culinária. I. Duivenvoorden, Yvonne. II. Título.

15-21842   CDD: 641.5622
                            CDU: 612.39-053.2

2015
Todos os direitos reservados à Panda Books.
Um selo da Editora Original Ltda.
Rua Henrique Schaumann, 286, cj. 41
05413-010 – São Paulo – SP
Tel./Fax: (11) 3088-8444
edoriginal@pandabooks.com.br
www.pandabooks.com.br
twitter.com/pandabooks
Visite também nossa página no Facebook.

Nenhuma parte desta publicação poderá ser reproduzida por qualquer meio ou forma sem a prévia autorização da Editora Original Ltda. A violação dos direitos autorais é crime estabelecido na Lei nº 9.610/98 e punido pelo artigo 184 do Código Penal.

A todas as pessoas boas do mundo que trabalham
para fazer das refeições na escola um hábito
justo, saudável e amigo do planeta. – A.C.

Agradecimentos

Preciso agradecer a um punhado de pessoas ao redor do mundo cuja dedicação para com as crianças e cujo trabalho em defesa da justiça alimentar inspiraram este livro. A leitura atenta dessas pessoas assegurou que o livro fizesse sentido. A fotógrafa Yvonne Duivenvoorden, a ilustradora Sophie Casson e a designer Karen Powers deram vida às palavras. Jackie Kaiser viu imediatamente o potencial deste projeto; Karen Li guiou o processo com sabedoria, carinho e uma generosa dose de diversão. Peter Carver e Richard Dionne deram ao livro uma calorosa acolhida e um novo e feliz lar. Por fim, meu obrigado e meu amor a Nick Saul – cuja dedicação em nome da alimentação saudável para todos é incomparável – e aos nossos meninos, Ben e Quinn, que bondosamente suportaram as nossas intermináveis conversas sobre comida.

Yvonne gostaria de agradecer à *food stylist* (estilista de alimentos e fotógrafa culinária) Lucie Richard por sua competência e ajuda especializada ao longo do projeto. Além disso, manda um grande "obrigada" à produtora Sarah Lichter por seus inestimáveis préstimos.

Sumário

Introdução 8

Tóquio, Japão 10
Lucknow, Índia 12
Nantes, França 14
Cidade do México, México 18
Campo de refugiados de Dadaab, Quênia 20
Toronto, Canadá 22
Belo Horizonte, Brasil 24
Dubna, Rússia 28
Cusco, Peru 30
Roswell, Estados Unidos 32
Kandahar, Afeganistão 34
Birmingham, Inglaterra 38
Xangai, China 40

O poder dos alimentos 42
Glossário 44
As autoras 47

Todo dia, no mundo inteiro,
as crianças comem juntas na escola.

Na Tanzânia, uma professora bate uma pedra numa velha calota enferrujada pendurada numa árvore, e o estridente som metálico é o chamado para que os alunos venham fazer juntos a sua refeição. No Canadá, o zumbido de uma campainha amplificada por alto-falantes é a deixa para que as crianças corram até o ginásio, onde mesas são preparadas para um movimentado e barulhento almoço coletivo.

Não importa se a escola funciona debaixo de uma enorme figueira ou numa robusta estrutura de tijolos, o fato é que todas as crianças precisam de um almoço saudável para que tenham condições de aprender e crescer.

Hoje em dia a comida é a maior atividade econômica do mundo. O cultivo, o processamento, o transporte e a venda de alimentos são atividades que exercem um enorme impacto sobre a vida das pessoas e do planeta. Basta abrir uma lancheira escolar ou examinar um prato servido numa escola para descobrir que a comida está relacionada a importantes questões para todo mundo – como mudança climática, saúde e desigualdade social.

No mundo todo, há muitas crianças que não têm o que comer em casa. Em decorrência de fatores como guerra, migração, pobreza e desastres naturais, todo dia 66 milhões de crianças em idade escolar vão com fome para a escola. Para boa parte delas, os programas de comida gratuita nas escolas são o único meio de sobrevivência. Assim que se alimentam, as crianças podem se concentrar e aprender o conteúdo ensinado nas aulas. Sua saúde melhora, e elas ganham uma chance de lutar por um futuro melhor para si mesmas e para suas famílias.

Já outras crianças têm o que comer, mas sua alimentação – incluindo a comida oferecida na escola – não é saudável, e o resultado é que acabam ficando acima do peso ou obesas. No mundo inteiro, mais de 1 bilhão de pessoas – muitas delas crianças que frequentam a escola – estão com sobrepeso e enfrentam graves doenças relacionadas à alimentação, como diabetes, problemas cardíacos e alguns tipos de câncer.

O que as crianças almoçam na escola também diz muita coisa a respeito da cultura e da história que fazem com que elas e seus respectivos países sejam únicos e inconfundíveis. Afinal de contas, existe melhor maneira de conhecer uma pessoa do que dividir com ela uma refeição? Para onde quer que a gente olhe, há um caleidoscópio de cores, alimentos surpreendentes e deliciosos e histórias inspiradoras a descobrir. As crianças estão plantando, cozinhando e falando à vontade e livremente, em alto e bom som, sobre seu direito de comer refeições saudáveis. O trabalho dessas crianças está transformando as escolas e ajudando o planeta também.

Então venha com a gente dar uma olhada nas lancheiras, merendeiras, tigelas, bandejas e canecas de crianças do mundo inteiro. Você ficará surpreso ao perceber quanta coisa pode aprender simplesmente observando o que outras crianças almoçam na escola.

Tóquio, Japão

Cinco crianças se posicionam atrás de uma comprida mesa em frente à sua sala de aula em Tóquio, capital do Japão. Estão usando aventais e toucas branquinhos, além de máscaras que cobrem o nariz e a boca. Manejam grandes colheres e conchas prontas para servir e distribuir o almoço. Seus colegas de classe fazem fila para receber porções do cardápio do dia: sopa de missô e peixe (cavala) grelhado com arroz. Às vezes há uma laranja ou uma maçã de sobremesa e sempre há leite para beber. A menos que os alunos tenham alguma alergia alimentar não há outra opção: devem comer essa refeição saudável, preparada na cozinha da própria escola sob orientação de nutricionistas.

Antes de começar a comer, todos devem esperar até que o grupo de alunos escolhidos como "funcionários" do dia sirvam seu próprio prato e também ocupem seu lugar à mesa. Depois, todos juntam as palmas das mãos, abaixam um pouco a cabeça e entoam juntos: "*Itadakimasu*" [i-ta-da-qui-mass-su], que significa "Vamos comer!". É uma forma de demonstrar gratidão pelo alimento e pelo trabalho de todas as pessoas que proporcionaram a comida.

É um hábito que começa desde o jardim de infância e vai até o ensino médio: todos os estudantes fazem juntos o almoço coletivo escolar, chamado de *kyōshoku* [quiu-cho-cu]. Os professores, e até mesmo o diretor, tomam parte dessa refeição e se sentam com os alunos nas salas de aula. Ao final do *kyōshoku*, mais uma vez as crianças agradecem, dizendo "*Gochisosama deshita*" [go-tchi--sôu-sa-má de-chi-tá], que significa "Foi um banquete e tanto!" ou "Obrigado pela refeição!".

Antes de saírem para brincar, todos colaboram com a limpeza da classe e levam de volta à cozinha a comida, os pratos e as louças. A maior parte das escolas japonesas não tem faxineiros, porque os próprios alunos trabalham com dedicação para manter a sala e os corredores limpos.

1 Preocupada com pesquisas que indicavam que as crianças japonesas estavam perdendo contato com a sua cultura e as tradições, uma escola de ensino médio resolveu incluir no exame de admissão um teste de habilidade no uso dos *hashis*: os candidatos deviam ser capazes de manejar com os pauzinhos todo tipo de coisa – de grãos de feijão a bolinhas de gude – e passá-los de um prato para o outro!

2 O cardápio mensal do *kyōshoku* é entregue com antecedência aos pais e mães das crianças. Inclui uma análise dos valores nutricionais e das calorias dos alimentos, além de informar onde eles foram cultivados ou criados e que benefícios certos ingredientes – como a saudável alga marinha e o tofu da sopa de missô – trarão aos alunos.

3. O Japão é um país-arquipélago, ou seja, é formado por ilhas. Por isso as crianças japonesas comem muitos peixes e frutos do mar. Cavala, salmão e sardinha são alimentos frequentes, e a carne de baleia – comida tradicional rica em proteínas – foi reintroduzida em alguns cardápios escolares. Embora a caça de baleias tenha sido proibida, para proteger espécies em risco de extinção, o Japão ainda mata algumas para pesquisas. Sua carne é servida na forma de hambúrgueres ou empanada com migalhas de pão.

4. O Japão já foi uma das nações mais saudáveis do mundo, mas vem registrando um aumento nas taxas de obesidade e de doenças como o diabetes, devido à introdução de comidas ocidentais como hambúrgueres e batatas fritas. Embora o arroz ainda seja um alimento básico importante, as crianças japonesas de hoje comem, em um ano, apenas metade da quantidade de arroz que seus avós consumiam no início da década de 1960.

Lucknow, Índia

Um grupo de mulheres da comunidade local passou a manhã inteira trabalhando no calor da cozinha, preparando a refeição numa pequena escola pública situada nos arredores da cidade de Lucknow, no norte da Índia. De uma grande panela de metal, elas vão servindo com uma concha às crianças enfileiradas um almoço à base de arroz e lentilhas ao *curry* (caril). Algumas crianças carregam um prato ou uma tigela trazida de casa; quem não tem condições de comprar pratos estende pequenas lousas ou o próprio caderno, coberto por uma folha de papel, para receber sua porção.

As crianças almoçam do lado de fora da sala de aula, agachadas no chão do pátio da escola, e comem com as mãos. Muitos indianos dizem que os alimentos ficam mais saborosos quando são comidos diretamente com os dedos. Mas é importante usar somente a mão direita para tocar a refeição: a mão esquerda fica reservada para ser usada no banheiro.

Na Índia, as escolas públicas oferecem um almoço gratuito a todas as crianças menores de 14 anos de idade. Para muitas delas, é a única refeição do dia inteiro. Embora tenha havido crescimento na economia do país, 230 milhões de indianos ainda passam fome – mais do que em qualquer outra parte do mundo. Todo dia, morrem cerca de 2 mil a 3 mil crianças em decorrência de desnutrição.

Oferecer refeições gratuitas às crianças também funciona como uma estratégia para aumentar a frequência nas aulas e melhorar a alfabetização. Quando sabem que seus filhos terão uma refeição garantida, as famílias mais pobres tendem a mandar mais vezes os filhos para a escola. Quem mais sai ganhando com esse esquema de almoço grátis são as meninas, que na Índia muitas vezes são obrigadas a trabalhar desde muito pequenas para ajudar a família.

1 Você deve ter notado que não há verduras nesse almoço. Embora, em teoria, as verduras devam ser incluídas em todas as refeições do meio do dia, as escolas indianas dependem bastante do custeio governamental, que é bastante precário e incerto, e muitas vezes não dispõem de recursos financeiros para comprar hortaliças. Apesar da política de almoço gratuito, quase 70% dos pequenos indianos sofrem de anemia, condição causada em parte por uma dieta pobre em alimentos ricos em ferro, como verduras e feijões. Crianças anêmicas têm dificuldades de concentração e memória; sentem-se cansadas e indispostas a realizar atividades físicas.

2 Conhecido como *dal*, esse prato de lentilha, ervilha ou grão-de-bico cozido com especiarias é uma das refeições mais comuns na Índia. O *dal* é uma excelente fonte vegetariana de proteína, ferro e fibras, ideal para os 80% dos indianos que seguem a religião hinduísta e não comem carne. As vacas são animais sagrados para os hindus e por isso podem zanzar livremente pelas ruas das principais cidades e vilarejos do país.*

3 Os defensores do programa Refeição Escolar do Meio-Dia argumentam que ele promove a igualdade nesse país onde contrastam a extrema riqueza e a extrema pobreza. A ideia é que quando as crianças conversarem umas com as outras durante uma refeição coletiva, fatores como sua origem social ou geográfica e quem são seus pais pouco importem. O governo também recomenda que as equipes de cozinheiros e ajudantes de cozinha sejam compostas por membros dos grupos mais pobres da população. Isso ajuda a aumentar a oferta de emprego e eliminar a discriminação.

* Os hinduístas reverenciam as vacas como um ser sagrado porque elas são a representação de Nandi, a montaria ou o veículo de Shiva, um dos deuses mais populares da Índia. Outros animais também são adorados pelos indianos, como o rato, que é o veículo do deus Ganesh, e o búfalo, que é o meio de transporte do deus Yam. (N. T.)

Nantes, França

O refeitório de uma escola no Vale do Loire está decorado com murais coloridos, desenhos e trabalhos de arte pendurados no teto. No salão, ouve-se o bate-papo das crianças sentadas em pequenos grupos, em volta de mesas circulares, enquanto se deleitam e saboreiam seu almoço de quatro pratos.

A refeição do meio do dia é totalmente preparada na própria cozinha da escola por *chefs* profissionais que usam produtos frescos (de preferência comprados na própria região). O almoço começa com uma opção de salada – talvez alface-manteiga com pato defumado – seguida por frango assado ou peixe com legumes, um prato de queijo e por fim uma sobremesa – frutas frescas ou, de vez em quando, uma torta. Essas deliciosas refeições são custeadas pelo governo e os pais dos alunos, que pagam de acordo com a sua renda familiar.

Os alunos dispõem de cerca de 45 minutos para o almoço e são incentivados a comer devagar e a saborear sua refeição. Eles comem em pratos de cerâmica aquecidos e usam talheres de verdade, não talheres descartáveis. Monitores andam pelo refeitório respondendo a perguntas e incentivando as crianças a terminar sua refeição antes de sair para brincar.

Nos refeitórios franceses, tudo incentiva o hábito de apreciar a comida. As crianças têm aulas de educação do paladar e discutem assuntos que vão da anatomia da língua às mudanças que o gosto foi sofrendo ao longo do tempo. No mês de outubro, as escolas francesas realizam a Semana Nacional do Paladar, em que *chefs* badalados de restaurantes famosos visitam as escolas e realizam oficinas para crianças e adultos cozinharem e experimentarem diferentes pratos.

1 O pão francês é famoso por sua crosta crocante e pela leveza amanteigada de seu miolo. Os franceses gostam tanto de pão que, quando descrevem uma situação que parece não ter fim, dizem "longa como um dia sem pão". A Revolução Francesa, que ocorreu no final do século XVIII e que terminou com o jugo dos reis franceses, começou em parte quando camponeses pobres realizaram protestos contra o aumento do preço do pão, seu alimento mais importante.

2 Os franceses criaram pelo menos trezentos tipos de queijos com diferentes sabores e modos de produção. Um queijo de sabor suave do norte da França chamado *vieux boulogne* é considerado o mais fedorento do mundo. Um comentarista britânico descreveu seu aroma como "cera de ouvido acumulada por seis semanas!".

3 Carnes magras – frango, por exemplo – são frequentes no cardápio escolar francês. A oferta de opções saudáveis, disponíveis aos estudantes diariamente a preços razoáveis, além da educação nutricional realizada durante as refeições, traz bons resultados: o número de crianças com sobrepeso na França está entre os mais baixos da Europa.

4 Para evitar que as crianças se empanturrem de sucos adocicados na hora do almoço, as escolas francesas servem apenas água. Em 2005, máquinas automáticas de venda de refrigerantes e salgadinhos foram banidas em todas as escolas francesas.

Comida boa para a mudança
As crianças assumem as rédeas da situação

A gota d'água foi o experimento que mediu a quantidade de gordura que escorria dos hambúrgueres servidos na cantina da escola. Com uma bandeja cheia de gordura reluzente, alunos do quarto ano da Escola Comunitária Nuestro Mundo, do estado de Wisconsin, ficaram completamente enojados. Tinham de fazer alguma coisa a respeito da comida nada saudável servida na escola. Queriam mais frutas e legumes frescos e menos embalagens descartáveis. Queriam almoços que refletissem a diversidade cultural da comunidade, coisas como arroz e feijão ou sopa de lámen chinesa.

Assim, em 2009, os estudantes formaram um grupo chamado Boicote ao Almoço da Escola e decidiram mostrar aos colegas e à direção da escola o que era uma refeição saudável, organizando um piquenique pacífico. Planejaram estender toalhas, enfeitá-las com flores e pedir que cada um levasse um prato para compartilhar com todos num grande almoço coletivo.

Mas a direção da escola – alegando preocupação com alergias alimentares e a repercussão na mídia – pediu aos alunos que cancelassem seu piquenique. Contrariados, os jovens concordaram, mas não deram fim aos protestos em defesa de uma alimentação saudável. Os estudantes lançaram uma campanha por meio de cartas e continuaram fazendo pressão, reivindicando mudanças no cardápio. Na volta das férias, a cantina tinha melhorado um pouco, e em outubro a direção anunciou planos para fazer grandes alterações na alimentação – uma importante vitória para os ativistas do quarto ano.

As crianças da Nuestro Mundo não são as únicas que rejeitam a comida insalubre servida nas escolas. Boicotes liderados por alunos, petições no Facebook e outras manifestações pacíficas vêm pipocando por toda parte à medida que as crianças passaram a ver os efeitos – nelas e no meio ambiente – da *junk food** industrializada servida em tantas cantinas escolares. Escolas, professores e políticos estão sendo obrigados a prestar atenção. Quem foi que disse que as crianças não querem comida saudável?!

* Alimentos ricos em calorias e de preparo fácil e rápido; comidas de sabor agradável ou atraente, mas de baixa qualidade nutritiva. (N. T.)

Da lavoura para a escola
De volta à terra na Itália

Quando os alunos de uma escola de Budoia, cidade no norte da Itália, descobriram que o repolho servido no almoço vinha da Holanda, ficaram confusos. Afinal, a Itália é o berço de algumas das melhores comidas e terras agrícolas do mundo – por que comer repolho importado? As crianças e os pais descobriram que o almoço era fornecido por uma corporação multinacional que comprava comida do mundo inteiro. Com o apoio da direção da escola e da câmara de vereadores da cidade, as crianças e seus familiares começaram a promover uma reforma no almoço escolar, privilegiando a compra de produtos cultivados por lavradores da região adeptos da agricultura orgânica.

Hoje em dia, uma cooperativa comanda a cozinha, e os pais ajudam a encomendar, com antecedência, a comida – queijo, massa, azeite de oliva, legumes e hortaliças. Isso significa que os produtores de alimentos sustentáveis da região já têm compradores garantidos. É um esquema em que todos saem ganhando: a escola apoia os agricultores "amigos do meio ambiente"; a economia de Budoia se beneficia, porque os lavradores prosperam; e as crianças acabam comendo saborosos alimentos orgânicos. A comida é tão deliciosa que agora até mesmo o almoço dos funcionários da câmara municipal é preparado na cantina da escola!

Cidade do México, México

É meio-dia, hora do *almuerzo* [au-muêr-so], um almoço leve ou lanchinho, nessa escola da Cidade do México. As crianças saem correndo das salas de aula e ocupam seus lugares em mesas dispostas no pátio de cimento. Não há programa de merenda escolar, por isso a maioria dos alunos come o que traz de casa.

As mães se agrupam diante dos portões de ferro da escola, passando pelas grades o *almuerzo* para seus filhos. Outras crianças trazem de casa uma fruta, um suco, um sanduíche conhecido como torta ou um *taco*.

Às vezes as crianças compram um espetinho de manga doce ou um copinho com pedaços de frutas salpicados com *chili* em pó e sal. Mas petiscos como batata frita e refrigerantes são os mais populares.

Recentemente, os comerciantes autorizados a vender comida dentro das escolas foram proibidos de oferecer doces, refrigerantes e guloseimas muito calóricas ou gordurosas. Afinal, um terço das crianças em idade escolar está com sobrepeso ou é obesa (70% de seus pais e mães também).

À medida que o país se desenvolveu e mais pessoas se mudaram para as cidades grandes a fim de encontrar trabalho, os mexicanos abandonaram sua dieta tradicional, à base de milho e feijões, por alimentos ricos em calorias e açúcar (as comidas "de conveniência", ou "comidas cômodas"). Quase sempre esses alimentos nada saudáveis são os mais baratos também. O refrigerante com sabor artificial de laranja custa menos que o suco de laranja de verdade, e uma pizza sai pela metade do preço de uma salada fresca.

1 Em média, os mexicanos bebem por ano 159 litros de refrigerante – o suficiente para encher um barril de petróleo. Em 2006, uma proposta governamental de taxar os refrigerantes foi anulada depois que os políticos mexicanos alegaram que a cobrança desse imposto puniria os pobres (pessoas que geralmente consomem essa bebida, que é barata).

2 Os *frijoles* [fri-rro-les] – ou feijões – são um ingrediente básico da culinária mexicana e, muitas vezes, o único prato que os mais pobres têm para comer. Para ajudar as famílias de baixa renda, o governo oferece dinheiro aos pais e às mães que mantiverem os filhos na escola. Ainda assim, na Cidade do México uma a cada 25 crianças abandona os estudos antes de completar 15 anos de idade, quase sempre porque precisa trabalhar para ajudar a família.

3 Batatinhas fritas (do tipo *chips*) são petiscos bastante populares, mas no estado mexicano de Oaxaca os gafanhotos fritos também são considerados uma iguaria. Conhecidos como *chapulines* [cha-po-li-nes], são condimentados com suco de limão, sal, alho ou pimenta. De acordo com um relatório das Nações Unidas, comer insetos é bom para a saúde (esses animais são ricos em proteína) e para o meio ambiente! Insetos são abundantes e vivem na natureza selvagem, dispensando a destruição de florestas para dar lugar a pastos ou plantações.

4 No mundo inteiro, lanchinhos e petiscos processados, como as batatas *chips*, são mais baratos do que alimentos integrais. Produtos frescos estragam rápido, por isso armazená-los e transportá-los custa mais caro. Porém, os agricultores que cultivam milho e soja (ingredientes básicos dos alimentos industrializados), por exemplo, recebem pesados auxílios dos governos. O resultado é que o milho pode ser vendido a um preço muito baixo e convertido em produtos como o xarope de milho – que tem alto teor de frutose, um adoçante presente em quase tudo o que comemos, de *ketchup* a refrigerantes, cereais matinais e batatas *chips*.

Campo de refugiados de Dadaab, Quênia

Nesta escola do campo de refugiados de Dadaab, perto da fronteira entre Quênia e Somália, a poeira e a areia invadem tudo. Há cem crianças em cada uma das abafadas salas de aula com paredes de latão, e seis crianças precisam dividir a mesma carteira e o mesmo livro didático. Para que mais alunos tenham uma chance de aprender, as aulas são organizadas em turnos.

Quando chega a hora do almoço, as crianças fazem fila segurando suas canecas de plástico para receber porções do mingau quente fornecido pelo Programa Mundial de Alimentação (PMA) da Organização das Nações Unidas (ONU). Munidos de conchas, grupos de pais e mães se posicionam atrás de enormes tachos e vão servindo a mistura de milho e soja, rica em nutrientes. Muitas vezes, o mingau, doce e com sabor de nozes, é tão ralo que as crianças podem bebê-lo, enquanto ficam agachadas no chão, em volta das salas de aula.

A maioria dos moradores do campo é de refugiados somalis. Refugiados são pessoas que fugiram de sua terra natal porque foram perseguidas ou corriam risco de vida (por causa de sua raça, religião, nacionalidade, opinião política ou associação a determinado grupo social). Algumas famílias estão em Dadaab desde o início da década de 1990, depois que uma guerra civil devastou a Somália. Ainda hoje a violência continua, e mais de 450 mil pessoas estão em Dadaab, numa área destinada a abrigar 90 mil pessoas.

A educação é gratuita, e a refeição servida na escola ajuda a aumentar a frequência dos alunos. Mesmo assim, metade deles não vai à escola ou porque estão lotadas ou porque as crianças precisam trabalhar para ajudar suas famílias.

O fornecimento de água e eletricidade é precário, as instalações sanitárias são insuficientes, as barracas são feitas de latão e lona. Sem terras para cultivar alimentos, os refugiados dependem das refeições servidas na escola e da ração fornecida pelo programa duas vezes por mês.

1 O Programa Mundial de Alimentação é uma agência humanitária da ONU. Alimenta mais de 90 milhões de pessoas famintas em mais de setenta países do mundo. Todo ano o PMA distribui, despacha e transporta quase 4 milhões de toneladas de alimentos para nações em crise. Em Dadaab, às vezes uma enchente ou um surto de doença impossibilita a preparação do mingau. Nesses casos, o PMA oferece às crianças um biscoito de alto valor energético enriquecido com proteínas e nutrientes.

2 Em Dadaab, há feiras nas quais são vendidos legumes e verduras frescos, mas a maioria dos refugiados não tem dinheiro para comprar esses alimentos. Com o apoio de organizações internacionais, algumas mulheres em situação de vulnerabilidade (mães solteiras, idosas e portadoras do vírus da Aids) começaram a plantar hortas verticais usando sacos de grãos vazios e latas de óleo recicladas. Para fazer uma horta vertical, basta um pequeno espaço, um pouco de terra e água (que pode ser a de reuso). As mulheres plantam tomates, quiabos, verduras e berinjelas para acrescentar à dieta familiar os tão necessários nutrientes.

3 Uma vez que a maior parte dos somalis é de muçulmanos, a comida deve ser *halal* (que em árabe significa "lícito", "autorizado", "permitido"). Para que uma comida seja considerada *halal*, é necessário que siga rigorosas regras religiosas de fabricação – no caso de carnes, são normas sobre a forma de abate dos animais. O mingau e os outros alimentos fornecidos pelo Programa Mundial de Alimentação são considerados *halal* porque são vegetarianos. Entre as comidas tradicionais da Somália, há pratos bem condimentados à base de carne *halal* de cordeiro, cabra e camelo. Por mais de meio século a Itália controlou partes da Somália, por isso o espaguete também é um prato comum no país.

4 Por causa da população cada vez maior, o precário sistema de fornecimento de água em Dadaab não é suficiente. O campo de refugiados consegue fornecer apenas cerca de 17 litros de água por dia por pessoa – sendo que o volume padrão recomendado pela ONU para a manutenção da boa saúde é de vinte litros de água por dia por pessoa.

Toronto, Canadá

Uma campainha estrondosa ressoa numa escola no centro de Toronto, a maior cidade do Canadá. As crianças agarram suas sacolinhas e lancheiras e se dirigem ao ginásio para comer. Não existe um refeitório especial; por isso, com o uso de mesas desmontáveis, todos os dias esse espaço é transformado em praça de alimentação. Em outras escolas as crianças se sentam no chão ou comem em suas próprias carteiras. A maior parte delas traz seu almoço de casa, dentro de lancheiras, garrafas térmicas e sacos plásticos.

Algumas escolas oferecem aos alunos um café da manhã ou um lanchinho, outras servem almoço. Mesmo numa cidade rica como Toronto, uma a cada quatro crianças vive na pobreza, e 90 mil dependem de programas de refeições grátis para ter o que comer. Mas esses programas existem somente graças ao esforço de voluntários e a uma combinação de investimentos do governo local e de diretorias e conselhos de escolas e empresas. O Canadá é um dos poucos países desenvolvidos do mundo que não disponibilizam um programa nacional de nutrição para crianças em idade escolar.

Dentro desse ginásio barulhento e lotado, a diversidade de comida combina com a variedade de crianças. O Canadá é uma nação de imigrantes. Uma a cada cinco pessoas nasceu em outro país. Arroz e feijão, *curry* (caril), sushi e sopas de lámen aparecem nas lancheiras, embora os sanduíches sejam os preferidos.

Assim que as crianças terminam de comer, os estudantes do "ecoclube" ajudam os colegas de classe a separar o lixo que produziram. Restos de comida, como crostas de pão e cascas e caroços de maçã, vão para um cesto verde. Essas sobras orgânicas serão decompostas e usadas na horta da escola. Embalagens de papel e plástico podem ser recicladas ou descartadas. Todo ano cada canadense produz em média trinta quilos de lixo só com os almoços – é mais ou menos o peso de um menino de dez anos de idade!

1. Todo mundo adora uma guloseima doce de vez em quando! Mas alguns petiscos são abarrotados de gordura e açúcar. Esses minicookies têm duzentas calorias por pacote, mais ou menos a mesma quantidade de um bife pequeno. No Canadá, uma a cada quatro crianças está acima do peso ou é obesa.

2. Crianças gostam de saquinhos de petiscos porque são rápidos e fáceis de comer, mas na opinião de alguns educadores elas não deveriam comer tão depressa. Diversas escolas na região noroeste do Canadá encontraram uma solução para isso: brincar primeiro, comer depois. Os professores acreditam que assim as crianças ficam menos preocupadas em devorar a comida rapidinho e passam a apreciar mais o alimento.

3 Essas "cenourinhas *baby*" nada têm de "bebês". São uma invenção de um agricultor californiano cansado de jogar fora cenouras tortas ou de aparência imperfeita. As "cenouras *baby*" são simplesmente cenouras normais cortadas no formato de minicenouras. Ainda assim, são saborosas e boas para a saúde. Cenouras são uma excelente fonte de betacaroteno, essencial para termos olhos saudáveis.

4 O sistema educacional arrecada milhares de dólares por ano com contratos firmados com empresas de máquinas automáticas que vendem comida e bebida. Especialistas em saúde vêm travando batalhas para que essas máquinas – que em geral vendem refrigerantes e salgadinhos – passem a oferecer opções mais saudáveis. Mas essa é uma batalha árdua: sem verbas, as escolas temem perder dinheiro. Recentemente, porém, algumas das maiores províncias do Canadá baniram das escolas todo tipo de *junk food*.

Belo Horizonte, Brasil

O cheiro de arroz e feijão se espalha pelo refeitório da escola na hora do almoço. Estamos em Belo Horizonte, cidade na região Sudeste do Brasil. O entra e sai das crianças se explica pelo fato de que cada classe come em um horário específico. No Brasil, a refeição quente é gratuita para todos os alunos matriculados na rede pública de ensino. Para muitas crianças, especialmente as que vivem nas remotas e pobres áreas rurais da região Nordeste do país, a merenda escolar é a principal refeição do dia.

O Brasil é o maior país da América Latina. Embora seja uma nação em desenvolvimento, onde a economia está em crescimento, sua distribuição de renda e riqueza é uma das mais desiguais e injustas do mundo. Isso significa que a diferença entre os mais ricos e os mais pobres é muito grande. Quase 42 milhões de brasileiros (mais que toda a população do Canadá) vivem na pobreza e não têm condições de comprar comida ou garantir uma moradia.

Os programas governamentais de merenda escolar e refeições gratuitas na escola fazem parte das muitas iniciativas para a erradicação da fome e o fornecimento de comida saudável para o povo.

As refeições são servidas em pratos coloridos. Sempre há arroz e feijão, além de bife grelhado ou frango com batatas e couve, frutas frescas ou suco de frutas. As cozinheiras tentam usar frutas nativas da época, por isso abacaxi, banana e goiaba aparecem com frequência no cardápio.

Está claro que no Brasil o almoço gratuito e outros programas de alimentação escolar são ações muito bem-sucedidas para reduzir a pobreza e a fome. Desde 2003, a desnutrição infantil foi reduzida em 73% e o número de pessoas que vivem na linha da pobreza caiu pela metade.

1. O aumento no consumo de carne bovina brasileira em outros países fez crescer o desmatamento da Floresta Amazônica – e a pecuária tem gerado graves problemas ambientais por causa da expansão das pastagens e das áreas para o cultivo de ração. A Amazônia, na região Norte do Brasil, é a maior floresta tropical do mundo, abrigando também a maior riqueza de espécies. Há décadas os ambientalistas vêm lutando para defender essa floresta. Em todo o mundo, o desmatamento de florestas tropicais é responsável por 17% de todas as emissões de gases do efeito estufa.

2. Praticamente todo brasileiro come pelo menos uma vez por dia arroz com feijão – alimentos que, juntos, formam uma combinação completa de proteína. Às vezes essa mistura é salpicada com farinha de mandioca. Feita da raiz da mandioca, essa farinha acrescenta textura e um sabor característico ao prato. A mandioca é uma planta que possui muitos nomes nas diferentes regiões brasileiras, como aipim, castelinha, macaxeira, mandioca-doce, mandioca-mansa, maniva, iúca e caçava.

4 O almoço servido nas escolas geralmente inclui bebidas, como o suco de maracujá. As máquinas automáticas de venda de refrigerantes (além de doces e outras guloseimas) foram banidas de todas as escolas em Belo Horizonte. Mas as empresas de *fast food* ainda conseguem chegar às crianças de outras maneiras, como por meio de anúncios publicitários na televisão ou na internet.

3 O Brasil é um dos maiores produtores mundiais de banana, e a maior parte das bananas que cresce no país é consumida internamente. A lei incentiva que parte dos ingredientes utilizados no preparo das refeições venha de produtores locais; isso serve como apoio aos produtores e reduz custos. Ligar os pontos entre escolas e fazendas e entre educação e economia foi uma ótima mudança no sistema de alimentação brasileiro.

Lições de vida
Lutando por justiça alimentar no Canadá

A luz do sol entra pelas enormes janelas enquanto os alunos do quinto ano fazem fila para entrar no celeiro verde do centro comunitário de consciência alimentar The Stop. Antes um edifício abandonado na área central de Toronto, o lugar foi transformado num centro de produção de alimentos sustentáveis e de educação alimentar. Conta com hortas verdejantes, uma estufa e uma cozinha profissional. Ali as crianças aprendem sobre cultivo, preparo e cozimento de alimentos e sobre o hábito de comer bem; aprendem também que o que comem está relacionado à saúde, ao meio ambiente e à justiça social.

Os estudantes começam plantando sementes e mudas de tomate na estufa e depois entram para brincar de O Jogo da Vida Real. Cada pessoa interpreta um papel e recebe dinheiro de mentira para gastar. Uma menina interpretará a milionária e ficará empolgada por poder comprar uma casa grande, brinquedos e boa comida. Outra pessoa será alguém numa cadeira de rodas. Outros receberão salário mínimo ou precisarão de auxílio do governo. Os que vivem com baixa renda descobrem que depois de pagar o aluguel sobra pouco dinheiro para gastar com comida saudável. Alguns são obrigados a recorrer a bancos de alimentos. O personagem de um menino fica doente porque a comida barata que cabe no seu orçamento é repleta de gordura, açúcar e sal. Todas as crianças concordam que isso não é justo.

Mais tarde a classe faz um exercício em que os estudantes viram políticos tomando decisões. Devemos aumentar o salário mínimo? Será que ajudaria se criássemos mais hortas comunitárias? Os estudantes debatem e discutem tudo.

O programa pede às crianças que pensem na justiça alimentar para que elas próprias comecem a entender qual pode ser seu papel na proteção do planeta e no questionamento à desigualdade. Os pequenos do quinto ano saem da oficina empolgadíssimos com a ideia de mudar seus próprios hábitos alimentares e exigir mudanças sociais. De volta à sala de aula, o primeiro compromisso na agenda é escrever uma carta aos representantes políticos. Essas crianças sabem exatamente o que querem: comida saudável para todo mundo!

Mundo das águas
Uma horta escolar flutuante em Bangladesh

O barco de madeira desliza até uma ribanceira barrenta em Singra, vilarejo na região noroeste de Bangladesh. Uma comprida prancha é estendida até a margem, e as crianças que estão ali à espera sobem ansiosamente a bordo da escola flutuante.

Movidos à energia solar e rebocando uma horta móvel, esse barco e 17 outros mais são em parte uma sala de aula, em parte canteiro de legumes e hortaliças. Pura inovação. Sem os barcos, muitas crianças pobres não teriam educação nem alimentos frescos quando suas escolas e campos fossem inundados ou destruídos durante a estação anual das chuvas. Quem cuida das hortas, construídas em canteiros flutuantes de aguapé e bambu, são pais e mães que dividem a produção de berinjelas, espinafres e abóboras.

As enchentes sempre foram um problema em Bangladesh, mas o aquecimento global derreteu as geleiras do Himalaia que alimentam seus muitos rios, tornando as inundações mais severas. Vilarejos inteiros desapareceram debaixo da água, e os cientistas preveem que mais terras baixas acabarão submersas à medida que o derretimento continuar.

É a linha de frente da mudança climática. Os moradores de Bangladesh esperam que ideias engenhosas como essas salas de aula flutuantes os ajudem a enfrentar os desafios de um mundo em mutação.

Dubna, Rússia

O corredor barulhento está lotado de crianças que se dirigem para o almoço nessa escola em Dubna, cidade no oeste da Rússia. O refeitório é um espaçoso salão no primeiro andar que se enche rapidamente. A maioria dos estudantes russos come na escola porque ali a comida é barata.

Tradicionalmente o *obed* [á-béd], ou "almoço", é a principal refeição do dia, e mesmo na escola a comida é reforçada e substanciosa. O refeitório oferece sopa seguida de um prato principal à base de carne vermelha ou peixe com purê de batatas ou *kasha*, uma espécie de mingau de cereais. As crianças podem pegar uma ou duas fatias de pão e incluem na bandeja uma bebida doce à base de frutas.

Durante a década de 1990, era comum haver escassez e racionamentos de comida. As pessoas tinham de esperar em longas filas simplesmente para comprar o pão de todo dia. Nessa época o governo russo incentivava as pessoas a comer carne, gordura e pão, e a darem pouca ou nenhuma atenção a frutas, legumes e verduras frescos.

Desde então, os hábitos alimentares mudaram, mas 20% das crianças em idade escolar continuam desnutridas. Alguns estudantes não têm o que comer, outros não comem o bastante, e outros ainda consomem alimentos que não fornecem os nutrientes necessários. Como resultado, as crianças das regiões mais pobres da Rússia são em média mais baixas do que as de mesma idade em outros países. E as doenças cardíacas – ligadas à desnutrição e causadoras de 52% das mortes de adultos no país – estão aumentando entre os jovens.

Na esperança de promover hábitos alimentares mais saudáveis, a venda de *junk food* e refrigerante nas escolas foi proibida. No almoço, os professores zanzam pelo refeitório para assegurar que as crianças estejam comendo bem. Os alunos também aprendem a ter bom comportamento durante as refeições, usar adequadamente os talheres e arrumar a mesa.

1. Essa saudável e colorida sopa, chamada *borsch*, é preferência nacional, servida quente ou fria. A cor intensa vem das beterrabas, raízes ricas em fibras e excelente fonte de nutrientes. Especialistas em saúde muitas vezes recomendam alimentos de cores vivas – o vermelho-púrpura da beterraba ou o azul-marinho do mirtilo – porque as cores são pistas do potencial benéfico desses alimentos.

2. A *kasha*, prato russo por excelência, é um mingau, ou papa, feito de trigo-mouro ou outros cereais como farinha de aveia (fervidos em água ou leite e temperados com sal ou açúcar, manteiga, torresmo, cebola frita etc.). Há séculos esse prato faz parte da dieta russa. No país, há um antigo ditado que diz: "Sopa de repolho e *kasha*, isso é tudo de que precisamos para viver". Mas provavelmente os russos de hoje incluiriam também o pão – cada cidadão russo come em média cerca de sessenta quilos de pão por ano!

3 Sobre as mesas do refeitório há saleiros. Na maior parte dos países industrializados, acrescenta-se iodo ao sal de cozinha, tornando fácil o consumo desse micronutriente essencial. Mas não é o caso na Rússia. Por causa disso, 40% das crianças têm deficiência de iodo, o que pode resultar em prejuízos à aprendizagem.

4 Essa deliciosa bebida à base de frutas é chamada de compota e é geralmente feita com maçãs, ameixas secas ou passas cozidas em calda de água e açúcar. No fundo do copo quase sempre sobram pedaços de frutas, que podem ser comidos com uma colher!

Cusco, Peru

Todo dia bem cedo, as crianças dessa comunidade nos Andes peruanos, nos arredores de Cusco, caminham duas horas por estradas acidentadas rumo à escola. Como em muitas escolas pequenas das montanhas, a eletricidade é escassa e não há água corrente.

No meio da manhã, as crianças estendem toalhas e fazem juntas um lanchinho chamado *qoqaw* [co-cau], ou "comida de viajante", que elas trazem de casa. Há *maíz* (milho) assado e, em ocasiões especiais, um queijo seco salgado para acompanhar.

As crianças aqui são quíchuas (também chamadas de quechuas ou quéchuas), povo nativo dos Andes que tem língua e cultura características e inconfundíveis. As famílias são *campesinas*, ou "lavradores camponeses", que plantam batata, milho e feijão em pequenos pedaços de terra nas íngremes encostas das montanhas.

No passado, os lavradores quíchuas cultivaram uma grande variedade de cada espécie – muitos tipos diferentes de batata, por exemplo – para garantir uma colheita reforçada. Mas nos últimos cinquenta anos a diversidade de lavouras diminuiu drasticamente, o que as deixou sujeitas a intempéries e pragas. Relatórios do Programa Mundial de Alimentação informam que até 70% das crianças das regiões mais isoladas do Peru são cronicamente desnutridas.

Pouco depois do meio-dia, as crianças voltam para casa e preparam seu próprio almoço, afinal seus pais estão trabalhando na plantação. A principal refeição do dia quase sempre inclui batatas. As crianças comem com seus irmãos e irmãs antes de sair para ajudar seus pais nos campos ou fazer os serviços domésticos.

Em sua maioria, essas famílias não têm muito dinheiro. Quase 40% dos peruanos vivem com menos de três reais por dia. É graças às fortes redes culturais e comunitárias que os quíchuas sobrevivem e prosperam nessas terras montanhosas.

1 As batatas são originárias do Peru (o tubérculo começou a ser cultivado por civilizações andinas há cerca de 8 mil anos), onde são plantadas cerca de 3.500 espécies, incluindo batata-amarela, vermelha, azul, roxa, pintada, torta, curvada e encaroçada. Fáceis de cultivar, as batatas oferecem uma ampla variedade de sabores e texturas (existem batatas lisas e macias, cerosas, farinhentas, insossas e doces) e são uma boa fonte de vitaminas e micronutrientes. Em média, cada peruano come cerca de 530 batatas por ano!

2. O *maíz* (milho) é o alicerce essencial da alimentação no Peru, o principal ingrediente de tudo que os peruanos comem e bebem, de *tamales** a cerveja. O milho aparece quase sempre nos pratos preparados nas muitas "cozinhas comunitárias" do país, onde produtos locais são preferíveis em relação aos importados. Comandadas por mulheres nas grandes áreas urbanas e metropolitanas, essas cozinhas oferecem refeições saudáveis a preços acessíveis a milhares de famílias pobres. E também se tornaram pontos de encontro e centros comunitários onde as pessoas se organizam e protestam.

* Parecido com a pamonha, o *tamale* é um prato tradicional feito de *masa harina*, uma mistura de farinha de milho-branco para tortilhas, que pode ser cozida a vapor ou fervida envolta em palha de milho, em folhas de mandioca, de bananeira, de abacate ou até mesmo em papel-alumínio, papel-filme ou papel-manteiga. Os *tamales* podem ser recheados com carne de porco, frango ou carne moída, queijos, frutas, legumes, pimentas ou qualquer outro ingrediente salgado ou doce. (N. T.)

3. Porquinhos-da-índia, preás ou cobaias (em espanhol são chamados de *cuy* [cu-i], por causa do som que fazem) estão entre os animais de estimação favoritos na América do Norte. Mas no Peru, o povo quíchua cria esses roedores desde a época dos incas, entre os séculos XIII e XVI, para fins culinários e medicinais. Fritos, assados ou cozidos inteiros, têm gosto de coelho e são uma importante fonte de proteína e ferro.

4. A quinoa, semente cultivada nos Andes, era considerada sagrada pelos incas. Hoje é tida como um alimento completo e um dos mais nutritivos do planeta. A quinoa é rica em fibras e proteínas, ajudando no rendimento e na elasticidade das fibras musculares e auxiliando na recuperação de tecidos e células. É muito importante para o ganho de massa muscular por causa dos aminoácidos. É usada no preparo de mingaus, servida quente como o arroz ou misturada a especiarias e legumes.

Roswell, Estados Unidos

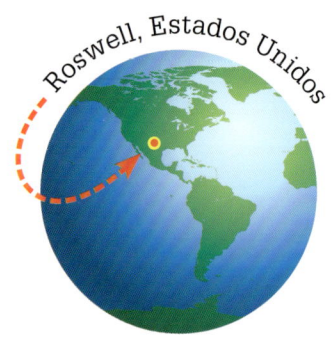

As responsáveis pelo almoço estão atrás do balcão usando redes no cabelo e aventais plásticos brancos. À frente delas, dispostas em cubas metálicas, estão as opções do dia. Nessa escola na região central do estado do Novo México não existe uma cozinha adequada para o preparo da comida, por isso a equipe é obrigada a reaquecer comida congelada e enlatada para oferecer a refeição subsidiada pelo governo.

Mais da metade das crianças na fila não pagou pelo almoço – ou pagou muito pouco –, porque os alunos são de famílias de baixa renda. Os que podem pagam de dois a três dólares por dia ou trazem o almoço de casa.

Sempre há um prato principal, como pizza ou *taco*, além de uma fruta, um legume ou uma verdura e três opções de leite (natural, sabor chocolate ou morango). Os alunos que dispõem de algum dinheiro trocado podem acrescentar à sua bandeja itens extras, como biscoitos ou uma fatia a mais de pizza.

Ao longo das três últimas décadas, os índices de obesidade entre as crianças triplicaram. O excesso de peso vem acompanhado de graves problemas de saúde, como o diabetes tipo 2.

Há muitos anos, pais, professores e ativistas alimentares vêm trabalhando para mudar o panorama dos almoços servidos nas escolas. Introduziram o bufê de saladas, construíram cozinhas mais bem equipadas e criaram políticas de compra de produtos locais. Um exemplo é o Pátio Comestível, em Berkeley, Califórnia. Lá as crianças plantam e cultivam alimentos na horta da escola e depois usam a cozinha para preparar a comida.

1 Marcas famosas de *junk food* como Domino's Pizza e KFC são vendidas em mais de um terço das escolas públicas dos Estados Unidos. De acordo com um estudo custeado pelo Instituto Nacional de Saúde, proibir a publicidade de comida de baixa qualidade nutritiva para crianças reduziria em até 18% o número de crianças acima do peso.

2 Nos Estados Unidos, a maior parte do leite consumido é de vaca, mas ao longo da história diversos animais – incluindo cavalos, camelos, búfalos e iaques – já forneceram leite para os humanos. Hoje em dia, os estadunidenses consomem cerca de 84 litros de leite por pessoa anualmente – isso é suficiente para encher uma banheira!

3 Comido direto da espiga ou numa salada fresca, o milho pode ser um excelente complemento em qualquer refeição. Mas a maior parte dos 10 milhões de alqueires de milho cultivados nos Estados Unidos é transformada em ração animal, biocombustível e aditivos alimentares, como o xarope de milho, que tem alto teor de frutose – adoçante presente em muitos alimentos. O xarope de milho é muito barato e bastante usado em vários alimentos industrializados.

4 Nos Estados Unidos, a maior parte das frutas servidas nas escolas são enlatadas. Porém, cada vez mais os estabelecimentos de ensino vêm oferecendo frutas, legumes e verduras frescos como parte dos programas Da Lavoura para a Escola. Eles não apenas conectam as crianças aos produtores locais, mas levam produtos locais e frescos às escolas, oferecendo às crianças oportunidades para aprender sobre o meio ambiente e apoiando a agricultura sustentável.

Kandahar, Afeganistão

Essa escola de um vilarejo nos arredores da cidade de Kandahar, capital da província de mesmo nome no sul do Afeganistão, costumava ser pouco mais que uma barraca improvisada com um pano grosso estendido, preso por estacas de madeira enfiadas no chão de terra batida e vermelha. Após décadas de guerra e violência, o prédio finalmente foi reconstruído com paredes de tijolos, mas não há carteiras ou livros suficientes para todos os alunos nem água potável, muito menos banheiros adequados. Algumas crianças fazem suas lições sentadas em tradicionais tapetes, no chão, hábito que é uma tradição na cultura afegã.

Ao meio-dia a professora interrompe a aula para que os estudantes se alimentem com os biscoitos de alto valor energético fornecidos pelo Programa Mundial de Alimentação (PMA).

Os biscoitos são uma mistura de cookies com bolachas de água e sal. Feitos de trigo, são enriquecidos com vitaminas, proteínas e minerais. Cada pacote de cem gramas, com dez ou 15 biscoitos, garante às crianças 450 calorias – energia equivalente a um peito de frango sem pele com duas xícaras de brócolis. Para muitas crianças esses biscoitos são o café da manhã e o almoço, além de ser a refeição mais nutritiva que elas farão o dia todo.

O Afeganistão já foi considerado uma potência agrícola. Mas atualmente 54% das crianças afegãs não têm o que comer, e mais da metade da população vive com menos de três reais por dia.

A escola é um refúgio nessa vida difícil – especialmente árdua para as meninas. Entre 1996 e 2001, quando o governo talibã radical estava no poder, elas eram proibidas de frequentar a escola. Ainda hoje, apenas um terço dos alunos é de garotas. Como um incentivo adicional para que pais e mães mandem as filhas para a escola, elas recebem óleo de cozinha do Programa Mundial de Alimentação para levar para casa. Mas, em áreas onde o talibã continua ativo, as meninas correm o risco de perder a vida simplesmente por irem à escola.

1 Os biscoitos são fornecidos pelo Programa Mundial de Alimentação. O PMA garante o sustento de quase 2 milhões de crianças afegãs por meio de seus programas de Comida para Educação – oferecendo alimentos para aumentar o comparecimento dos alunos às aulas. Recentemente o PMA começou a oferecer refeições quentes nas escolas. Essas crianças recebem um prato de ervilhas reforçado com micronutriente em pó e uma porção de pão.

2 As meninas que vão para a escola por um período mínimo de 22 dias por mês recebem uma lata de 4,5 quilos de óleo de cozinha, que será usado pela família da estudante para fazer pães achatados e saborosos e para fritar cebolas, legumes e carne (geralmente de cordeiro ou de vaca), ingredientes que compõem os pratos afegãos tradicionais, como o *qorma* [cór-ma], um ensopado servido com arroz. Quando o óleo acaba, a lata vazia de metal é reciclada; as pessoas as usam para fazer pequenas churrasqueiras, carrinhos de brinquedo e até mesmo pequenos violões.

3 Em apenas um ano, o preço do trigo subiu 60% no Afeganistão. Em todo o mundo, os ingredientes básicos ficaram tão mais caros que podemos dizer que estamos diante de uma grave crise alimentar. Há muitas razões para essa escalada de valores, incluindo incertezas econômicas, o aumento do preço do petróleo e colheitas ruins provocadas pelas mudanças climáticas. Menos agricultores estão cultivando alimentos porque passaram a produzir biocombustíveis – a partir de milho, trigo e soja.
O resultado é que há menos grãos disponíveis, tornando seu preço exorbitante e deixando as pessoas mais pobres vulneráveis à fome de uma maneira nunca vista antes.

Uma revolução cultural
Recuperando a sabedoria antiga no Peru

É a época da colheita do milho nessa escola *chacra* – palavra quíchua para "campo" – localizada no altiplano andino, em meio às montanhas, no sul do Peru. As crianças, que plantam milho e batata numa estreita e rochosa faixa de terra, estão empolgadas. O vilarejo inteiro está ali para celebrar. Todos os aldeões seguem os costumes tradicionais. Primeiro queimam incensos e folhas de coca, mostrando respeito pela Mãe Terra. Quando chega a hora de colher, os mais velhos pedem permissão aos deuses locais. Enquanto tiram o milho do pé e debulham os grãos, eles cantam. Mais tarde, todos comerão juntos, dando graças aos deuses pela generosa colheita.

Essa celebração vem acontecendo há gerações e gerações nessas terras altas. Mas até bem pouco tempo atrás, os professores peruanos e as autoridades educacionais do país desestimulavam o ensino da cultura tradicional na escola. A escola era local para ler, escrever e aprender aritmética – em espanhol. As crianças falantes de quíchua simplesmente tinham de se esforçar para acompanhar as aulas, muitas vezes sentindo vergonha de sua língua e de seu estilo de vida.

Entretanto, reformas no sistema educacional e inovadores projetos locais trouxeram de volta o conhecimento tradicional como parte do currículo em algumas escolas. A educação moderna não é ignorada, mas constitui apenas parte do que é ensinado. Na língua quíchua esse enfoque é chamado de *Iskay Yachay* [Ís-cai Iá-chai], que significa "dois tipos de conhecimento".

Uma vez que a maioria das famílias montanhesas são de lavradores, os professores reservam tempo para os rituais e os ciclos do plantio, permitindo que as crianças ajudem no trabalho agrícola. Os idosos também são convidados a compartilhar com os demais seus conhecimentos sobre plantas, remédios nativos e técnicas de cultivo nas feiras de sementes e nas celebrações das hortas organizadas pela escola. As crianças aprendem poesia, arte e música andinas. Também plantam e cuidam da *chacra* da escola, cultivando alimentos para si mesmas, para suas famílias e para sua comunidade, preparando futuros guardiães da Mãe Terra.

A horta global
O cultivo de comida e de uma comunidade ao redor do mundo

Seja na hora de cultivar, seja na hora de saborear, a comida é uma ótima maneira de unir as pessoas. É algo que os alunos de trezentas escolas no Quênia, na Índia, em Cingapura, em Gâmbia, nos Estados Unidos e na Inglaterra descobriram em primeira mão numa rede global chamada Hortas para a Vida.

Por meio de técnicas de ensino e recursos pedagógicos especialmente desenvolvidos para o projeto – além de um site na internet –, o Hortas para a Vida (parte do Projeto Éden, baseado na Inglaterra), conecta crianças de todas as partes do mundo com uma atividade comum: o cultivo de comida na escola.

No Vale do Rift, região do Quênia assolada por secas, há sessenta escolas envolvidas. Anos de lavouras fracassadas e o custo cada vez mais alto dos alimentos básicos tornou a comida cara demais para muitas famílias pobres. Contudo, cultivando a terra da própria escola, os alunos plantam legumes e verduras, como berinjela e espinafre, para suas refeições. Agora as crianças saboreiam almoços nutritivos, além de aprenderem técnicas e habilidades agrícolas. E os alimentos que às vezes sobram são vendidos para arrecadar dinheiro, que é utilizado na melhoria das salas de aula.

As crianças do Hortas para a Vida e seus professores estão verdadeiramente construindo uma comunidade de cidadãos globais – de legume em legume.

Birmingham, Inglaterra

Até alguns anos atrás, o "banquete" (como é chamada a refeição servida no meio do dia nas escolas da Inglaterra) era bem diferente: hambúrgueres, batatas fritas oleosas, refrigerantes e Turkey Twizzlers era tudo o que havia no cardápio das cantinas (Turkey Twizzlers são lascas fritas e espiraladas de carne processada de peru – partes menos nobres como peles, pés etc. – misturada com banha de porco).

Mas então foram divulgados números assombrosos mostrando que a Inglaterra era o país mais gordo da Europa: cerca de um quarto das crianças entre dois e 15 anos estava com sobrepeso ou era obesa. Pais, nutricionistas, pediatras e ativistas alimentares – incluindo o famoso *chef* Jamie Oliver, que apresentou um popular programa de televisão sobre a comida servida nas escolas – entraram em cena, dispostos a melhorar drasticamente as refeições servidas nas escolas de todo o Reino Unido e convenceram o governo a mudar o almoço escolar.

Hoje as crianças que fazem fila nessa pequena escola comunitária da região metropolitana de Birmingham recebem um almoço nutritivo (com uma opção vegetariana). Por lei, as escolas inglesas não podem servir frituras mais do que duas vezes por semana. Saleiros, barras de chocolate e refrigerantes são proibidos. Os alunos contam com duas opções de frutas e legumes/verduras todo dia, e carne de alta qualidade é uma presença constante no cardápio.

No começo, muitas crianças rejeitaram a comida saudável. Na cidade de Rotherham, um grupo de pais protestou, "contrabandeando" através dos portões de ferro da escola hambúrgueres e porções de peixe frito e batatas fritas.

Mas as crianças e suas famílias estão começando a aceitar e apoiar os novos almoços. Nessa escola de Birmingham, as crianças plantaram uma horta de frutas e legumes, que são acrescentados às refeições, e costumam fazer excursões de estudo a fazendas da região. Os alunos inclusive escolhem toalhas coloridas para forrar as mesas durante o almoço.

1 As cenouras são o segundo legume predileto dos ingleses (o primeiro lugar na lista dos favoritos fica com a batata). A maior parte das cenouras é cultivada no próprio país e vendida em supermercados. Os ativistas alimentares chamam de "quilômetros da comida" a distância que um alimento percorre do campo onde é cultivado até o garfo – e calculam essa distância para mostrar o impacto ambiental do que comemos. Hoje em dia, uma cenoura britânica viaja 60% a mais do que viajava na década de 1970. Mas os "quilômetros da comida" não são o único fator que afeta o meio ambiente. O cultivo, o processamento e a armazenagem dos alimentos também contribuem para a emissão de gases do efeito estufa.

2 Numa pesquisa recente, filhos e pais ingleses escolheram este clássico prato inglês como a refeição favorita servida na escola. Receita tradicional dos domingos, é feito de rosbife ou carne assada com molho e acompanhamentos. A combinação de *bangers* (linguiças ou salsichões) e *mash* (purê de batata) com molho de cebola ficou em segundo lugar na pesquisa, seguida por lasanha com pão de alho.

3 O *Yorkshire pudding* – tradicional bolinho salgado meio frito e meio assado – era servido como acompanhamento para reforçar o jantar à base de carne assada das famílias mais pobres. Hoje em dia, os alunos ingleses de baixa renda podem comer de graça nas escolas. Mas muitas crianças sentem vergonha de serem vistas tirando proveito dos "almoços grátis".
Novos sistemas, como cartões de vale-alimentação automáticos distribuídos a todos os estudantes, estão sendo testados para vencer os preconceitos.
Há inclusive projetos-piloto ainda mais promissores que oferecem refeições saudáveis e gratuitas para todos os alunos nas cantinas escolares.

Xangai, China

As crianças estão famintas nesse movimentado refeitório de uma escola de Xangai. Chegaram às sete e meia da manhã, horário em que as aulas começam, e ao todo ficarão ali por quase nove horas seguidas. A China é o país mais populoso do mundo – tem mais de 1 bilhão de habitantes. A educação é muito importante, e a pressão para se dar bem nos estudos é enorme.

No refeitório, um amplo salão com mesas compridas, os alunos se servem de seu almoço – geralmente arroz e lámen, carne de porco ou peixe, legumes, verduras e uma sopa como acompanhamento. Enquanto comem, as crianças raramente ingerem bebida gelada, porque a medicina tradicional chinesa considera que ingerir líquidos gelados junto com comida quente é ruim para a digestão.

Os professores caminham de um lado para o outro incentivando as crianças a não fazer barulho demais e a mastigar bem e cuidadosamente a comida. Os professores impõem respeito e obediência – afinal de contas, na China isso é lei! Assim que terminam o almoço, algumas crianças saem do refeitório e voltam à sala de aula para tirar uma curta soneca ou para estudar um pouco mais.

Atualmente, 15% das crianças entre dez e 12 anos que vivem nas cidades chinesas estão acima do peso ou são obesas. Alguns atribuem esse fato ao excesso de estudo acompanhado de pouca atividade física, além das amplas mudanças no estilo de vida dos chineses. A expansão da economia afastou as pessoas das áreas rurais em direção às cidades, onde comem mais carne, laticínios e *fast food* de estilo ocidental, como o popular KFC.

Para combater a obesidade, algumas escolas introduziram aulas obrigatórias de danças folclóricas. Em certas regiões do país, o governo das províncias exige que os alunos corram no mínimo um quilômetro por dia durante os intervalos das aulas.

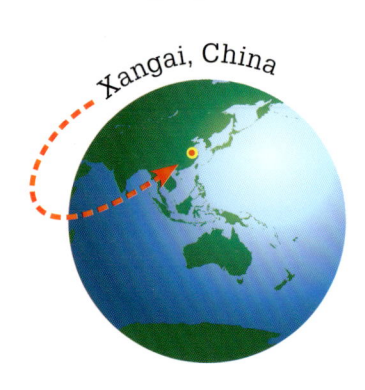

1 Nos últimos dois séculos, o fracasso na colheita do arroz – em razão de erros no planejamento do governo, mudanças nas técnicas agrárias e condições climáticas adversas, como secas e enchentes – causou fome em massa na China. O episódio mais recente e desastroso ocorreu no final da década de 1950 e início da década de 1960, quando dezenas de milhões de pessoas morreram de inanição. Como resultado, ser rechonchudo tornou-se um sinal de boa saúde e riqueza – algo que os nutricionistas e especialistas em saúde estão trabalhando duro para mudar. Ainda assim, muitos chineses continuam repetindo a velha frase "Criança gorda é criança saudável".

3 No norte da China, fazer barulho com a boca enquanto se toma sopa quente ou se come lámen é não apenas aceitável, mas também considerado um sinal de boa educação. Sugar ruidosamente o ar esfria o líquido quente e mostra que a comida está sendo apreciada.

2 Desde meados da década de 1980, o consumo de carne mais do que duplicou na China. Se essa tendência continuar, essa mudança trará um enorme impacto ambiental. A produção de carne castiga o planeta e cobra um preço alto do meio ambiente. Árvores são derrubadas para dar lugar a pastagens, e os animais produzem enormes quantidades de gases do efeito estufa – a fermentação intestinal de ruminantes produz metano. Além disso, é muito difícil dar novo uso ou livrar-se dos dejetos e resíduos animais de maneira sustentável ou ecologicamente amigável.

4 A dieta do sul da China tradicionalmente tem como ingredientes principais arroz, legumes e verduras, como a *bok shoy* (um tipo de acelga) deste prato – essa verdura tem gosto de repolho doce. Os *chefs* tentam preparar refeições que atraiam todos os sentidos, por isso os legumes e as verduras são cozidos rapidamente, de modo a conservar seu sabor, sua cor viva e a textura.

O poder dos alimentos

Este livro é sobre o almoço na escola, mas também sobre o sistema alimentar internacional – um sistema que não é muito diferente do corpo humano, com muitas partes móveis e interconectadas. Por exemplo, é impossível falar de comida com alguma profundidade sem tocar em assuntos como o trabalho árduo dos agricultores, os desafios da fome no mundo, igualdade e desigualdade, doenças relacionadas à dieta ou o impacto da produção de alimentos no ambiente.

Cada almoço escolar que você conheceu neste livro atua como uma lente de aumento, esclarecendo – ou às vezes complicando – essas questões. E, embora as experiências das crianças ao redor do mundo sejam bastante variadas, alguns temas importantes surgem e se destacam.

A cultura do fast food
Aonde quer que a gente vá, crianças e adultos são bombardeados por imagens e palavras vendendo alimentos industrializados nada saudáveis, recheados de conservantes e outras substâncias. Os anúncios estão na televisão, na internet, nos videogames, nas ruas e até mesmo nas escolas. O poder e o alcance das corporações internacionais que fabricam esses produtos são impressionantes. O fast food tornou-se a nossa cultura global compartilhada.

Transição da nutrição
À medida que essa cultura se ampliou e os países se tornaram mais urbanos e prósperos, as pessoas abandonaram suas dietas tradicionais em favor de carne, laticínios e comida processada. Os especialistas chamam isso de transição da nutrição. O resultado é uma crise de obesidade – entre outras coisas – e uma nova espécie de desnutrição, decorrente do hábito de comer em excesso alimentos escassos em nutrientes.

Comprando globalmente
Todas essas mudanças só são possíveis graças às inovações tecnológicas. Cinquenta anos atrás seria impossível encontrar morangos na lancheira de uma criança canadense em fevereiro, e quem morasse no Japão não comeria nunca um bife brasileiro. Mas a revolução na produção de alimentos após a Segunda Guerra Mundial transformou o que comemos. Fazendas de pequena escala foram substituídas por maquinários, fertilizantes, pesticidas e sementes cientificamente modificadas. Os sistemas de transporte global propiciam velocidade e refrigeração. Acrescente a isso os aditivos e conservantes artificiais, e o resultado é que o ser humano construiu um sistema baseado na possibilidade de comer tudo o que quisermos quando bem entendermos.

As consequências da conveniência
Mudanças tão amplas sempre trazem consequências. País atrás de país, vemos que seus impactos na saúde resultam no aumento dos índices de obesidade, desnutrição, subalimentação e doenças relacionadas à dieta.

O crescimento desse voraz sistema alimentar internacional – caracterizado pelo alto consumo de energia e combustível – também fez com que a balança do poder global pendesse para o lado das nações desenvolvidas. Os pobres do mundo saem perdendo. Sua vulnerabilidade (a ausência do que os especialistas chamam de segurança alimentar) aumentou, uma vez que as incertezas econômicas e o aumento no preço de alimentos básicos como trigo, milho e arroz causaram uma crise alimentar global.

Outro grande impacto desse sistema alimentar acontece sobre o meio ambiente – das incontáveis embalagens e restos de alimentos produzidos nas escolas canadenses ao desmatamento da Floresta Amazônica para a criação de pastagens e fazendas de criação de gado. De acordo com a FAO (Organização das Nações Unidas para Alimentação e Agricultura), o setor da pecuária contribui sozinho com 18% das emissões globais de gases do efeito estufa.

Melhorando o almoço

A boa notícia é que em diversas escolas, da França ao Peru, e em hortas escolares do Quênia à América, estudantes e adultos estão recuperando e reabilitando o almoço servido nas escolas e o sistema alimentar. Alunos, pais e professores estão exigindo a oferta de opções mais nutritivas nas cantinas e nos refeitórios e lutando juntos para banir a propaganda de *junk food*. Estão cultivando hortas e criando "ecoclubes" para diminuir o desperdício e a quantidade de embalagens e de resíduos de comida. Estão aprendendo a preparar refeições saudáveis. Estão insistindo na ideia de que uma parte da comida vendida nas lanchonetes e cantinas escolares venha de fornecedores locais. Estão argumentando que a comida é mais do que um produto no mercado global e que todo mundo tem o direito a uma alimentação saudável. No melhor dos casos, o modo como as pessoas comem, cultivam alimentos e compartilham as refeições é uma celebração da tradição e da história, do patrimônio cultural e da comunidade.

As crianças podem mudar o sistema alimentar

O almoço escolar é a oportunidade ideal para que pais e professores ajudem as crianças a entender o impacto que elas podem ter no mundo, vendo a si mesmas como pessoas capazes de trazer mudanças. Almoçar na escola é algo que as crianças fazem todo dia. Todos nós podemos tentar "votar com o nosso garfo" e escolher alimentos que sejam saudáveis para nós e para o planeta.

Eis aqui algumas maneiras como você e sua classe podem se envolver para criar mudanças positivas no nosso sistema alimentar:

- **Plante uma horta na escola**

Aprenda a cultivar frutas, legumes e hortaliças. Recupere as tradições de sua comunidade. Informe-se sobre as dificuldades de consumir produtos frescos tendo pouco dinheiro. Colete resíduos de alimentos e embalagens e faça adubo com as sobras do almoço. Recicle embalagens. Incentive as crianças a levarem para a escola um almoço que não gere lixo.

- **Organize um festival de comida**

Convide produtores locais e pessoas da sua comunidade para compartilhar os pratos prediletos e tradicionais de suas respectivas culturas. Organize competições culinárias e de sabor. Distribua sementes e mudas para que as pessoas plantem e cultivem hortaliças em varandas, sacadas e quintais. Visite uma feira de produtores locais e compre alimentos cultivados na região onde você mora.

- **Manifeste sua opinião para os políticos locais**

Escreva cartas para seus representantes políticos pedindo que apoiem programas de alimentação saudável e projetos de compra de produtos locais para a refeição servida nas escolas. Mostre sua preocupação com o impacto do sistema alimentar industrial no seu meio ambiente. Deixe bem claro seu descontentamento com o fato de pessoas vulneráveis do seu bairro não terem condições de comer de maneira decente. E exija que os políticos respondam!

- **Informe-se a respeito de onde vem a sua comida**

Faça perguntas sobre quem planta ou prepara sua comida, sobre como os trabalhadores são tratados, se usam pesticidas ou fertilizantes, como esses produtos químicos são lançados no ar, no solo e na água. Siga o trajeto de um tomate, uma batata ou outra planta da semente até sua mesa. Descubra que porcentagem da refeição que você come na escola vem da sua região. Calcule os quilômetros que a sua comida percorre e os outros custos ambientais do seu almoço.

Glossário

aditivo: produto adicionado aos alimentos para alterá-los, melhorando o gosto ou a aparência (por exemplo, adoçando o alimento).

alimentos integrais: basicamente são grãos e cereais – como arroz, trigo, aveia e centeio (e seus derivados, como farelo, farinha e pão) – que não passaram por nenhum processo de refinação, conservando seus componentes originais.

alimentos processados ou industrializados: alimentos produzidos pelo ser humano que passaram por algum tratamento, método ou técnica visando aumentar o tempo de conservação ou adicionar características desejadas; podem ser facilmente embalados, armazenados ou transportados.

baixa renda: termo usado para indicar alguém que ganha ou recebe regularmente muito pouco dinheiro.

biocombustível: combustível de origem biológica não fóssil, ou seja, produzido a partir de plantas como cana-de-açúcar, milho, soja ou trigo (e também mamona, canola, babaçu, mandioca, beterraba, algas).

boicote: recusa de uma pessoa ou de um grupo a comprar algo ou a participar de algo com o qual não concorda.

calorias: unidade de medida da quantidade de energia fornecida pela comida.

conservante: substância – especialmente química – adicionada a produtos alimentícios para evitar que estraguem.

cooperativa: sociedade, grupo ou organização de pessoas para a prestação de algum serviço, em que todos os membros (os cooperados) participam da direção, têm direito a ações e votos.

deficiência: falta ou insuficiência de algo necessário, especialmente de nutrientes, como o ferro (na anemia) ou o iodo.

desmatamento: derrubada de florestas; ato de arrancar, cortar ou pôr abaixo as árvores de uma região; refere-se especialmente à destruição da Floresta Amazônica para a criação de pastagens de gado (o mesmo que desflorestamento).

desnutrição, subnutrição ou subalimentação: grave condição de saúde causada por falta de comida ou pelo consumo de alimentos que não são saudáveis; carência alimentar, enfraquecimento ou emagrecimento por falta de nutrição.

desnutrido: termo usado para caracterizar alguém que deixou de se alimentar ou se nutre de forma inadequada, ficando magro ou fraco por carência de nutrientes.

diabetes: doença decorrente da falta de insulina e/ou da incapacidade de a insulina agir adequadamente, causando um aumento da glicose (açúcar) no sangue; o diabetes tipo 2 é quase sempre associado à dieta.

enriquecido: alimento ao qual são adicionados nutrientes (como vitaminas, minerais e proteínas) que elevam seu valor nutritivo.

fibra: parte de certos alimentos, como grãos e frutas, que ajuda o corpo a fazer a digestão.

gases do efeito estufa: substâncias gasosas – como dióxido de carbono e metano – que são produzidas na Terra absorvem parte da radiação infravermelha emitida principalmente pela superfície terrestre e dificultam seu escape para o espaço. Isso impede que a Terra perca calor, mantendo-a aquecida e podendo causar o aumento da temperatura.

ingrediente básico: item essencial na dieta de uma nação.

justiça alimentar: a noção de que a alimentação deve ser um direito humano básico e que a sociedade deve se organizar para que todos tenham comida suficiente, vivendo de modo saudável.

lavoura de lucro: também chamada de lavoura de rendimento ou lavoura de mercado. Produção agrícola de alimentos como soja e milho não processados ou apenas parcialmente processados; destina-se não à subsistência do agricultor, mas a render lucro, cujo preço básico é estabelecido pelo mercado global.

mudança climática: alteração no clima de alguma parte do mundo; refere-se especialmente ao aquecimento do planeta.

nação desenvolvida: país com razoável riqueza e nível de avanço tecnológico, em que as necessidades básicas de seus cidadãos (alimentação, moradia, educação, saúde e renda) são atendidas.

nação em desenvolvimento: país pobre ou de renda mediana em que existem poucos recursos disponíveis para atender às necessidades básicas dos cidadãos.

nutriente: substância de que as pessoas precisam para viver e permanecer saudáveis, tais como proteínas, minerais e vitaminas. Micronutrientes são nutrientes que os seres vivos necessitam absorver em quantidades muito pequenas para sobreviver e se desenvolver.

obesidade: excesso de peso e de acúmulo de gordura corporal, é associada a problemas de saúde.

orgânico: alimento produzido sem o uso de pesticidas químicos.

Organização das Nações Unidas (ONU): entidade internacional empenhada em promover a paz e a segurança, bem como apoiar o desenvolvimento de melhores condições de vida, direitos humanos e igualdade em todo o mundo.

pobreza: condição de ser pobre; carência de bens e serviços essenciais, como alimentação, moradia, educação e renda (no mundo em desenvolvimento, é a condição de quem vive com menos de 1,25 dólar por dia).

produto local: refere-se ao alimento cultivado ou produzido perto de onde você mora.

Programa Mundial de Alimentação da ONU (PMA): agência humanitária das Nações Unidas destinada a ajudar as pessoas que precisam de assistência alimentar.

proteína: nutriente de que o corpo humano precisa para se desenvolver; as proteínas dão rigidez, consistência e elasticidade aos tecidos e exercem função de reparo e manutenção de todas as células.

quilômetros da comida: a distância que um alimento percorre do campo até a mesa, calculada para mostrar o impacto ambiental, social e econômico do que comemos.

ração: porção específica e limitada de alimentos distribuída a pessoas em situações de emergência.

segurança alimentar: refere-se à disponibilidade e ao acesso à comida.

subsídio: dinheiro cedido pelo governo a determinadas atividades (indústria, agricultura etc.) com a finalidade de manter acessíveis os preços de seus produtos (por exemplo, para ajudar a baratear o almoço escolar, tornando-o acessível aos estudantes).

sustentável: que se pode sustentar, mantendo-se constante ou estável por um longo período de tempo, com impacto mínimo sobre o meio ambiente. O desenvolvimento sustentável é aquele capaz de suprir as necessidades da geração atual sem comprometer a capacidade de atender às necessidades das futuras gerações.

As autoras

A escritora **Andrea Curtis** adora fuçar e sujar as mãos no pequeno canteiro de legumes e verduras no quintal de sua casa, enquanto sonha com novas receitas de tomates e de couve. Seus textos – sobre todo tipo de temas, de política urbana a destroços de navios naufragados – ganharam diversos prêmios. Ela também dá aulas de redação criativa para crianças e trabalha como voluntária no centro comunitário de consciência alimentar The Shop, organização sem fins lucrativos em Toronto, no Canadá. *Hora do lanche* é o primeiro livro de Andrea para crianças. Ela vive em Toronto com o marido e os dois filhos.

A fotógrafa **Yvonne Duivenvoorden** cresceu numa fazenda de laticínios na região de Chaleur Bay, em New Brunswick, Canadá. Quando menina, sua mãe sempre colocava batatas a mais dentro da panela na hora de fazer o jantar. Depois, fatiava e fritava as que sobravam para enfiar na lancheira de Yvonne no dia seguinte. Isso, com uma garrafa de leite fresquinho, era o melhor almoço que ela poderia desejar! Hoje, Yvonne dedica-se profissionalmente à fotografia e vive em Toronto, Canadá.